流经铺门的无名河

Liujing Pumen De Wuminghe

诗雨　著

黄河出版传媒集团
宁夏人民出版社

图书在版编目（CIP）数据

流经铺门的无名河 / 诗雨著. — 银川 ：宁夏人民出版社，2017.8

ISBN 978-7-227-06726-9

Ⅰ. ①流… Ⅱ. ①诗… Ⅲ. ①诗集—中国—当代 Ⅳ. ①I227

中国版本图书馆CIP数据核字(2017)第210098号

流经铺门的无名河 **诗 雨 著**

责任编辑 姚小云
封面设计 唐秋萍
责任印制 肖 艳

黄河出版传媒集团
宁夏人民出版社 出版发行

出 版 人 王杨宝
地 址 银川市北京东路139号出版大厦（750001）
网 址 http：//www.nxpph.com http：//www.yrpubm.com
网上书店 http：//shop126547358.taobao.com http：//www.hh-book.com
电子信箱 nxrmcbs@126.com renminshe@yrpubm.com
邮购电话 0951-5019391 5052104
经 销 全国新华书店
印刷装订 广州市德佳彩色印刷有限公司
印刷委托书号 （宁）0006247

开 本 880mm×1230mm 1/16
印 张 12.5 字 数 150千字
版 次 2017年11月第1版
印 次 2017年11月第1次印刷
书 号 ISBN 978-7-227-06726-9
定 价 36.00元

序　言

林　雪

受今年夏天在贺州举办的《飞天》杂志贺州作家改稿会之邀，我有了第一次贺州之旅。沈阳到贺州尚无直飞航班，文联会务组一位女士在电话里告诉我，乘坐任意一个航班到桂林或广州，就可以从两地乘动车到贺州，所需时间不过一个多小时。我依言而往，旅途果不漫长，更何况我有书在侧——今年春季开始重读卡森·麦卡勒斯的《伤心咖啡馆之歌》，一个多小时旅程可以至少读上两章。于是我的“一小时阅读行”轻松融入广州至贺州的“一小时经济圈”或“一小时都市圈”或“一小时生活圈”里，虽无违和感，但与“经济圈”“都市圈”这两个名词比，我还是更喜欢“生活圈”这个词汇，哪怕“生活圈”被定义为是指以主城为核心、在交通一小时可通达的范围内所形成的一个具有明显聚集效应、具备竞争优势地区的次核心的地方。因为生活并没有因为上海是长三角经济圈的中心，而使离开上海一小时车程以外而变得稍稍逊色，也不会因为重庆经济圈以重庆为中心，一小时之内交通可以到达的重庆之外的生活就略微变味。还有一点巧合：卡森·麦卡勒斯是美国南方代表作家——在一年中的夏季之旅，读着她小说中散发独特南方的故事、语气和地理，来到纬度相近的中国南方，这是际遇的收纳还是张扬，是明确的隐喻还是单出的相似？我一时难以回答。

我到贺州当晚就读到了诗雨的诗。当时会议准备了她与另外 10 位诗人的作品共 153 首作品给我备读，其中还有诗雨的两首长诗。我在深受卡森·麦卡勒斯式幽怨缠绕的同时，挥之不去的诗雨式的乡愁：一个地理意义上的诗雨是容易划出语言坐标与精神归属感的，而一个文学意义上的诗雨作品之解析、拆分却并不简单。如同一个作为辅城的贺州某些特质要天然的被凝聚，另一个作为核心的贺州另外的职能却命定了要发散。一个贺州要泊向岭南的文化之源，另一个贺州则自带圆心，不停酝酿、落地、生根着自身的小宇宙。

诗雨在作品中呈现出鲜明的历史感，她通过本土情怀、家庭叙事使之得到呈现。用创作阶段划分，她正处于张扬责任意识，用本家庭、本村镇、本民族、本地区的历史。自觉表现历史感的成熟思考的阶段。比如《有一天》：

在这间屋子
我学着你的样子写诗
读卡佛，读索德格朗
把文字放在纸上
给它呼吸，爱

在这首诗中，诗雨写到阅读或受启示于美国作家卡佛的诗与意象，我却从她的诗中读出被保罗·策兰营养着的“中年之暗”。《复活的石城》是比较耐读、美学趣味较高的一组诗。作者在后记中注明诗作取材于封阳的石城，距离她家北向5公里。石城曾经是驿站、街市、重要的军事据点。诗雨充分发挥出想象力的天分，在简洁的诗章里还原出石山、小贵子、流浪汉、歌谣、寺庙、商铺、书院、土匪、瘟疫、洪水、王麻子、陶片等意象。这些意象绵密交织、生动鲜活、亦真亦幻，如传奇、如童话。在《小贵子》中，偷儿小贵子、妇人与“我”的在场，结构出奇妙的多重维度关系，每一重关系都可以有开放式的多种可能。作者在最后一首《别了，石城》点题：“当我写下‘别了，石城’的时候”，诗中的人物“闭上了眼，又将回到永恒的睡眠”。原来曾在诗中书写的人物音容笑貌、命运故事都是诗人的想象，却有令人信服的艺术和历史的真实。历史感不是简单的几处遗址、古迹，不只是或明或暗的民间传说、群族传记、个人家谱，历史感源于深刻的个人经验和体验，超越个人感受之上，体现人类历史、命运共同情感和价值观。比如诗雨写士兵与英雄，写流浪汉在惊慌的一瞬“好像落难的君王”。比如诗雨写太阳：“太阳站在东墙上 / 像穿着红衣的少女 / 灿烂又孤单 / 她用光包裹着石城 /……/ 石城的每个人都得到了 / 免费的照耀”等，因为可贵的人道主义、人文精神，那远去的历史不止是沧桑，还有温度，有血流，还在作为遗产滋润江山，涵养后人。

诗雨身形瘦弱，性情似乎偏于冷静、沉默。即使是诉说衷情，可以归到爱情诗的作品，也与抒发的人和事保有一种适度的距离感，这也是我欣赏的一种方式。比如《那晚》：

我们围着一个草木坛转
谈起一个死去的人
以及，一些零碎的旧事
而月亮挂在天上，没有同伴
而星星那么多
它跟着我们一起移动
像日子，朝着相同的方向
没有人阻止——

诗雨用安静、沉默节约着自己的精力，也节约着注意力。她的语言直白、质朴、简洁，没有如多肉植物般的淋漓的水分、欲望的质感和跌宕的色彩。她笔下乡村在巨大的孤独和寂寞上神似于卡森·麦卡勒斯：人们无望而本能地活着，把一段时间偶然忘记收回的际遇当成恩惠如一棵稻草般紧紧抓住，但贫穷仍大于恩典，仇恨仍战胜着和解，最后沉入到宿命中。一生来不及顿悟，也来不及知道真相。仿佛败落的生活正好配上卑微低贱的命运，配得上蒙昧又本能的成长：

每隔一段时间
荒家庙的山梁上
就会有一条狗在那里叫
那叫声像一个人在哭
每当此时
母亲就会说
狗这样叫会死人了
她的话
总是让我头皮发麻
我是多么的不愿意
有人无缘无故的
就不见了

在这组诗中，诗雨放手写生活及人生的不完善、不完美，不绝对纯正，不回避人生有瑕疵，被损坏过，但那又怎样？还要保持着对生活的爱，还不会放弃。这是成熟的、生活过的、理性和经验之美，正是这种残缺之美及精神上的坚持会引起读者的共鸣。如果没有生态的损毁、没有凋敝的村庄、没有贫穷带来的诸多问题、没有分配不公，那乡愁是肤浅的。同时，如果没有乡村用四季和收成保持着尊严和谐，没有用诗意保持着惟唯美，没有人对自然的谦卑敬畏，那乡愁就是渺小的。在这首诗中，她同样不回避死亡，且把死亡这一人生的终极归宿去魅并日常化，是用来界定人生的一部分。在“他者”中找到死亡的这个“属我性”，诗人就建立起了自我与世界最真切的关系。在海德格尔的《存在与时间》里，本真的此在就是彻底意识到无的存在，意识到自己生命的有限性。而诗雨似乎是那个愿意用诗意直达真相的人。

浮　桥

它是水的一部分
阳光照耀的一部分
我走在上面
会成为它浮着的一部分
这会，我写着它
它暂且是键盘的一部分

在渔影江村

阳光很好
我们的影子贴在地面
花安静地开着
美如此辽阔，没有尽头

像浮桥成为“水的一部分”，这是诗雨和她同代诗人们作为地方书写者的一种自觉。在日常生活中发现诗意，在现实的孤独中向历史的缝隙中探幽。她熟练运用神话、传说、祖母、土屋、门楼等有仪式感的词语，与日常生活劳动细节有机结合，描写了乡村有限的和生活、无常的命运。诗作里有令人达观的开阔，也有令人心悸的寂静。如同快到燃点的炸药只差一个引信就要爆燃。不动声色之中的欢乐、悲伤、愤怒都有着平静张力。这一点在我读到的贺州另外两位女诗人余洁玉、罗晓玲的诗中亦有鲜明的表现。

在贺州乃至广西的文学地图中，诗雨等一代诗人属于后起之秀。经济学家们眼中的“经济圈”与文化中心的设立意在支持各个城市不同的产业结构，保护地方产业优势、互补文化，有利于各非中心城市树立并增强对中心城市的认同感和归属感，从而有利于归中心城市进一步做大做强，但这个划分对文化不一定适用。文化有中心说，同时讲究差异性和多中心。英国 18 世纪传记作家詹姆斯·鲍斯威尔曾说：“伦敦之于政客，是政府所在地；之于牧民，是牲畜交易市场；之于商贾，是一个巨大的证券交易所；之于寻欢作乐的人，则是小酒馆的天下。”而在诗人眼里，伦敦漫游着一颗颗文学的灵魂。文学就是有温度有生命的历史胶片，是有眼泪和种子的地质活火山。诗雨与贺州就是这样一种关系。贺州的历史、人文给了她源头，同时她也要编织出贺州的另一部分支流。在此祝福诗雨及今夏改稿会上所有的诗人：祝他们的创作承接万年智慧的文明之脉，弘扬临贺古城的文学传统，用明晰而此在的现实感突破文化的围困、混沌及虚掷状，用一群人的发愤之作成为这一切的总和：

我们的影子贴在地面
花安静地开着
美如此辽阔，没有尽头

林 雪

2017年8月—9月，沈阳

目 录

第一辑 组 章

第二辑　散　章

第一辑 组章

它们承载了这悠悠千年的时间
像一只只时间的船
陷在这博物馆的码头
和芸芸众生的目光交织，搁浅

贺州博物馆笔记

石　器

旧时间的光
换了一个地方，还在闪烁
锋利的石头
承载着古人的线和面
要改变众物
得从这些石头开始

沉重、偏执、不好把握
但可塑、可依赖、身藏电光
在最初的简朴生活中
从一种石头到另一种石头
祖先摸着它们蹚过刀耕火种的河

钻孔术

这些钻孔石器，这些圆
这些历史中不再晕散的波纹
它的孔是来自于
月亮中的黑点突然被看见

还是一只小虫为了在嫩叶中
打通一条回家的捷径

钻出永久的缺失后
日子变成可把握和被牢记
应幸福而生的钻孔术
在坚硬的岩石上
找到了柔软的内心

瑶王鞋

一定是来自一头最健壮的牛
剥离、风干、裁剪、缝纫
一双足够厚重的大脚掌，穿上它
才能带领族人在群山之中活下来
才能称为王

扑踏踏、扑踏踏
一个走山的民族
一个走到夜晚就燃薪跳舞的民族

才能把一双鞋举到
和王冠平齐的地方

纺　车

一架古老的纺车
早已消隐了嘤嘤之声
消隐了男耕女织的时代
它曾一度奔赴在人类文明的轨道上

先人们用它纺丝、棉、麻
纺着人情冷暖
纺着不朽的文化经纬

现在，它停下了自己的劳作
在每一件
从身边走过的衣物里
寻找当初的线头

陶　器

让水、土、火联姻，让它们
生下一个个大肚的婴儿

这些西汉的陶器
它们质朴的光泽和曲线里有巨大的场

谁烧制了它们？谁使用了它们？

它们承载了这悠悠千年的时间
像一只只时间的船
陷在这博物馆的码头
和芸芸众生的目光交织，搁浅

青铜剑

它躺在那里
似乎在用无言来昭示
所有的讨伐，杀戮
无不会在时间的波涛里停息下来

它的锈迹越来越重
像在提醒
因为缺少了一只手
握住，挥舞
时光才变成了固体
变成了另一种剑鞘

2017.05

复活的石城

小序：我家所在的铺门镇朝北五公里处，有一座荒废的小城名为“封阳石城”。这里曾经是驿站、街市、重要的军事据点。现在是飞鸟、小虫的乐园。我数度流连于此，遥想着走进曾经此地的烟火。

石　山

石山就是城墙
大团的云在山顶上漫游
只有风能让它们
把隐藏的秘密泄露出来

守城的士兵
脸上冒着寒气
他们敞开衣襟
每个人都相信自己是英雄

流浪汉

没有人注意到
他是什么时候进城的

每隔一段时间
他就会在石城消失
当人们快要把他忘记的时候
他又像竹笋一样突然冒出来

他坐在安宁街的石板上
望着天空发笑
头上的杂草
在风中惊慌失措
他的样子
好像落难的君王

太　阳

太阳站在东墙上
像穿着红衣的少女
灿烂又孤单
她用光包裹着石城
她的记忆
放进树的浓阴里
石城的每个人都得到了

免费的照耀
就连屠夫王麻子的脸上
都闪着光芒
他的刀在光中
呼哧呼哧吐着白气

歌　谣

在安宁街
穿着肚兜的孩子
唱着流传已久的歌谣：
拍手掌，得文钱
买个饼，一人一边
吃不了，丢去大塘边
……

路过的马车会在这时停下来
说书人高高举起的
惊堂木，落下时
悄无声息

榕　树

为了把鸟鸣举得更高
它的一半已跨过了城墙

时间露出陈旧的痕迹
紧贴着石壁

石城是笼子，也是归属

哦！你不要聆听
风，或者飞鸟带来的歌声
在这里
它们唱着
叹息和彻骨的寒

城　外

古道上，马蹄扬起的灰尘
恰到好处地遮蔽了尽头
我想起我的故土

那个叫西蜀的地方

我在郊外采集野花
放在梳妆台上
它们总先于我枯萎
我又将先于石城死去

小贵子

在石城，他是让人厌恶的
他的父亲死于顽疾
他常潜入别人的屋里偷窃

我路过一条小巷时
他正被一个妇人用荆条抽打
他哭喊着“别打了”
眼泪横竖交错
像旷野里没有约束的雨水

此时的石城
仿佛只剩下我们三人

那么空荡

我握住了妇人的手
他像风中的一张黑纸
瞬间在小巷消失
那之后
再也没有人见过他

寺　庙

寺庙在太阳下山的方向
有些残破

庙里没了和尚
解签人胡须花白
坐在椅子上昏昏欲睡

上香的人
脸上的愁云像铁器上的锈迹
她们跪拜时
太阳正翻过寺庙的门
向所有人靠近

棺材铺

棺材铺里摆满了棺材
我每次经过都要加快脚步
打棺材的人头发花白
每天都在刨着木头
他刨去一层木头的白
又刷上一层油漆的黑
坏消息和好消息
在他这里
成了相反的对应

福溪书院

福溪书院在渡口
很多时候读书声和着流水声
一起流向远方

执教的江南才子
他有满腹的怪论和秘密
有比流水更大的决心

让无知一去不返

有时他站在书院门口
望着天空发呆
任由白云或者乌云
一片一片在他脸上掠过

土　匪

土匪为什么做了土匪
没有人说得清

他们出没，像田野里
刮起的黑旋风
他们会在什么时辰来到石城
也没人说得清

没有他们撞不开的木门
他们手提着火的兵刃
像阴影一样搜寻可用的财物

有人在暴风雨中潜出城外
搬来救兵
雨水从人们的眼眶里流出
他们不知道
应该相信神还是相信命

后来，土匪有的死在了石城
有的弃械而逃

天晴后，石城恢复了干净
大街上，孩子们又唱着歌谣：
石城冷，石城静
石城是夜里亮晶晶的星
石城暖，石城硬
石城的石头是百姓的命

流窜犯

他是在一个雨夜走进客栈的
他用帽子遮住了半个脸
身上滴着水

他朝我喊“要一间上房”
脸上毫无表情
像一块晒干的腊肉

追凶的人随后就到了
他们手上拿着画像
不断地询问

他没有窗可以跳
没有兵器可供突围
他被押出门时
回头看了我一眼
眼神闪着寒光

听说他被遣回了原地
秋后被斩了首

碎陶片

我看见她的时候
她躲在荒草里

伤口正冒着绝望的凉气
她身上藏着石城的
战乱和最深的炉火
她一定见过
马背上的死亡
像雨中的杜鹃花
发出过战栗
一定见过
烧杀过后，人们用悲怆的灰烬
涂抹活着的生灵
和额头

老　虎

有一年
饥饿的老虎下山
它想吃同样饥饿的人
它的肚子薄成了一张纸
人的前胸贴着后背

人们一脸忧郁

惶恐不安

这可怎么办啊
打虎的英雄死在了宋朝

河　水

河水最终会流到什么地方
没人知道
两岸穷人遍地

它在经过石城的时候
带走了一个孩子
孩子的奶奶沿着河道呼喊
热心肠的人追着河水跑
河水像一个强盗
没有怜悯之心
也没停一下
跑动时
还发出稀里哗啦的脚步声

我知道此事时
已是第二年春天

麻　雀

麻雀飞不进《诗经》里
只有燕子能在《诗经》里
进进出出
它们像被朝代遗弃的孤儿
在穷人的头上
和自己的命里盘旋
无人的时候
它们在石头上踮起脚尖走动
在同伴的眼里打量自己
喜一阵
又悲一阵

莫　氏

她带着她的哑巴儿子
在石城谋生

她亲哑巴儿子时
发出咯咯的笑声
像一只花母鸡

有一次她出了一趟城
回来后，变得沉默寡言
她的哑巴儿子总是一个人在门口
玩石子，累了就倚着门槛睡觉

有一个晚上
我听见了她的笑声
后来是哭声
再后来，她就从石城消失了
谁也不知道下落

瘟　疫

瘟疫是带着饥荒一起来的
人们紧紧地捂住米缸
紧紧地用皮
包裹住露出来的骨头

他们脆弱得像一根干桑枝
随时都会发出咔嚓的声音
随时都会被点燃

月光在深夜照着石城
照着荒芜的田地
死神，正在缓慢地
解开它的发辫

大　雪

大雪突然下在了石城
没有人知道
天空要聚集多少彻骨的寒
才能在南方的最南边
落下一场大雪

鸽子无法飞翔
雪花占据了它们的空间
它们咕咕咕地叫
像是朝满世界的白
打探秘密

洪　水

洪水是在天亮前
毫无秩序地涌来的
我爬上阁楼
听见它哗啦啦的跑动声
水上漂着，从不去远方的枯枝败叶
漂着石城的苍凉和战栗

我靠在窗前
紧紧地抱着自己，像抱着一座孤岛

我想起了很多人——
亲人，友人，还有那个
让人讨厌的女强盗

洪水围困了两天后退去
失去家园的人站在废墟上
面无表情

别了，石城

当我写下“别了，石城”的时候
城门缓缓地合上
“小贵子和王麻子们”
闭上了眼
又将回到永恒的睡眠

在五公里之外
我对着北方发呆
不知道是我在石城里
真的活过一次
还是石城把它的一小部分
永久放在了我这里

2017.04

荒家庙[1]

1

我睁开眼睛
就看见了母亲的白发
她用了身体里最后一粒卵子
把我带到人间
带到了荒家庙

2

我从来没见过真正的“荒家庙”
但我曾多次站在那块现在已种上粮食的
庙的遗址上。想我的母亲
她是怎样在这座废弃的破庙里
生下我的第三个哥哥，想她
如何在庙里昏黄的灯光中
吞下那些发芽的烂红薯

为此，我无数次叫着“荒家庙”
荒家庙也无数次在

---

① “荒家庙”是村庄名，曾因一座庙而得名。

我的脑子里走动
我们像两个都找不到家的人

3

荒家庙的天空很小
小到你一眼就看见了边
也很矮
矮到你站在山顶
似乎伸手就能摘到棉花
或者捉住一只兔子

我总是在天快黑的时候
背着背篓，赤脚走在田埂上
背篓里的草，流出好闻的草香
它们痛不痛？它们绝望吗？
我全然不知

4

荒家庙的炊烟

比别的地方的炊烟蹿得更高
如果没有风
它们就像一根灰色的柱子
像要去顶破天空
风来了
它们就在空中和别家的炊烟
拥抱，撕扯

在山坡上看见炊烟
我就收拾好捡来的柴火
往家赶
我不敢想象
一个没有炊烟的村庄
会是什么样子
它用什么来召唤我

5

小时候，我爱哭
我的哭声能惊动屋后杏树上的鸟
它们扑棱棱地飞走

把天空弄得乱糟糟的

这时候，一定会有一个哥哥
过来收拾我
我的父亲总是在病床上
上气不接下气地说
“哪个喊你不听话嘛
这下好了”
是的，这下确实好了
我心满意足地收了疯（意为停止了哭）

6

我十岁那年的冬天
荒家庙特别的冷
一切像是被冻住了
父亲在堂屋的躺椅上
我看见他脸上的白正往腐朽中滑动
他的鼻子朝向一边倾斜
我说我上学去了
他勉强睁开眼睛看了我一眼

中午回家
他身上已经被无数层黑布盖着
脸上遮着一块手帕
我的姐夫在打着纸钱
沉闷的声音
在我的头顶一直飘啊飘

7

如果你来到荒家庙
你会遇见很多的石头
它们像等你多年
你可以一次看个够

我喜欢坐在一块石头上
看着另一块石头
想一些无边无际的事情

它们在山上叫石头
被抬回家，有时叫水缸
有时叫猪槽

8

有一年的春天
漫山遍野开满了桃花
那些远道而来的蜜蜂
没有再离开

第二年春天
绿油油的小麦替代了它
荒家庙的山坡突然安静了下来
飞鸟在上空叽的一声
变成了一个小黑点

9

我不止一次向人提起
荒家庙的野棉花
夏天的山坡上，它们疯了一样的开
路过的人都忽略了它们
只有我
喜欢坐在它们身边

看它们在风中东倒西歪
看它们粉着
或者紫着

10

四户人家围拢的院子
有很多的邻家姐姐
我跟着她们上山割草
下河搬螃蟹
河水流过我们的脚背
头也不回地走了
它们要赶去别的地方

后来，我的邻家姐姐们
一个一个沿着这条
猪肠一样的河道，离开了荒家庙
有的去了县城
有的出了省

11

荒家庙只有二十多户人家
像随手丢出的石子
毫无章法地散落在一小片地方
每一条羊肠似的小道
都系着大小不一的旱地或者水田
遇到好收成
荒家庙的人脸上都会发出
黝黑的光
他们渴望粮食
就像小鸟
渴望飞翔一样的迫切

12

每年春天
油菜花在荒家庙
东一块、西一块的开着
像摆的菜花阵
荒家庙的人就在这阵中

左突右冲
不知疲倦

我常常看着一株油菜出神
它们熟了
就会死
有时，不熟也会

13

父亲去世的那个晚上
我的四哥哭得最汹涌
他似乎知道
他的命运将会变成另一个样子

过完年后
我的家就像一个烙饼
分成了好几份
大哥一份，二哥一份
三哥因为去了福建打工无法分
我和年迈的母亲还有四哥一份

那以后
四哥把学校里的东西都背回了家
他开始学习犁田打耙
我家的屋顶
从此，冒出了三股炊烟
它们有时纠缠在一起
有时互不搭理

14

每年过年
姐姐都会给我做双花布鞋
我天天盼着新年快来

我也盼着姐姐回来
她总会带些好吃的
也会带着比我还大的儿子
他们有时会把我打哭
那时，一定有好事的邻居说：
“你这两个不孝的
天上在打雷了，听见没？”

母亲总是和我说：
“你姐姐小时候从乱坟山的悬崖上
摔下去，脑子不好用
要不然就不会嫁去那山沟沟”

是啊！我无数次听见姐夫喊她傻子
可我的姐姐怎么会傻呢
她只是反应慢一点
把复杂的事想得简单一点

15

我常常在漆黑的夜里
躺在床上想到死亡
我害怕的不是死
而是害怕死了被掩埋
那些进去嘴里、眼里的泥
让人多难受啊
直到在父亲的葬礼上
我看见了那个用石头砌成的长方形
父亲被放下去后

上面用石板拱了顶
打那之后
我心里的一块大石头
总算落了下去

16

我见过无数地方的落日
只有荒家庙的落日
不会让我感到自卑

荒家庙的人
会注意到一群蚂蚁
一棵杂草
但他们不会去注意一轮落日

只有我
喜欢在不同的山坡上看它
它那么好看
我不能让它白白浪费了

17

夜里，我时常被瓦缝里
漏下的雨，惊醒
它像一个人的
泪水，打在另一个人的脸上

做到一半的梦
就这样活生生地被滴醒

我迷迷糊糊地跳下床
找东西接好漏
再次回到床上

可梦却怎么样也接不上了
不得已
只好从另一个重新做起

18

荒家庙的冬天成泥黄色

山光秃秃的
草已经被割得精光

我经常扛着锄头去挖茅草根
坐在锄把上
嚼着那些白色的根
它们有一丝甜味
但在嘴里一晃就找不见了
就像一粒白糖
掉进水缸

19

我见过的最小的脚
是外婆的
像两个粽子

那一年姐姐家杀年猪
外婆和我一起去
她颤巍巍地走在田埂上
如一个纸人

随时都会被风吹走

她身体一仰
掉进了水田里
她把四肢用力朝上举着
浮在水面上
像一只被用旧的木船

我费劲地把她拉了起来
她冷得发抖
我也发抖
却不是因为冷

20

母亲总是在下雨天
坐在亮堂的地方缝补衣服
她不允许我跑远
我得在她用完一根线后
重新为她穿上一根

如果我靠近她坐着
她就给我讲她的故事

小时候
跟着外婆去很远的地方讨饭
有一次，遇上涨大水
她们跟着人群往山上跑
她被狗咬伤的腿冒着脓血
实在走不动就爬
她以为自己会死在那里

母亲隔一段时间就给我讲一次
她忘了
我已经听了无数遍

21

母亲的一生
都在苦水里浸泡着
幼年时，外婆无法养活她
把她送给了父亲家

长大后，她顺理成章嫁给了父亲

父亲一直有些嫌弃母亲
在父亲生病的那些年
母亲细心地照顾着他
夏天，我们在院坝里乘凉时
母亲还在烟熏火燎的为父亲烧开水
给他敷因为打针而疼痛的地方

父亲去世前
把母亲叫到床前
向母亲说出了心里的愧疚
他的愧疚像洪水一样汹涌不停
一定是积攒了很多年

22

每隔一段时间
荒家庙的山梁上
就会有一条狗在那里叫
那叫声像一个人在哭

每当此时
母亲就会说
狗这样叫会死人了
她的话
总是让我头皮发麻
我是多么的不愿意
有人无缘无故的
就不见了

23

“好久没到这边来
这边的妹娃已长成材”
久雨放晴后的山坡上
总有一个老人唱着苍凉的山歌

他唱“哭嫁”歌时
似乎整个荒家庙都陷入了悲伤
我也会陷入
但我的悲伤像我的人一样小
没人会发现

有一天
我经过他家的门口
有人在哭着给他穿衣服
他的脸很白
那种白我至今还描述不出来

那以后，山歌
就在荒家庙消失了

24

把两张桐梓叶合起来
用狗尾巴草沿着边
缝成荷包

我喜欢用它
把山上红了的刺泡带回家
刺泡在里面
相拥着，分不清你我

母亲总是一边接过

我递过去的刺泡
一边拈着我身上的草屑
轻轻的
比我摘刺泡
还要轻

25

我常用一根树枝
在岩石下面的细沙里
一边刨，一边念：
“地牯牛，地牯牛
出来吃酒酒”
它们就真的出来了

被刨出来的地牯牛
在沙面上打着转
转着转着就不见了

它们一定是不想见人
它们想把自己藏起来

26

我一直不知道自己出生的时辰
母亲总是说
生了我，一会就听见鸡叫了

荒家庙的鸡究竟是几点钟叫
没有人说得清

这样也好
我不需要拿着
生辰八字去找算命先生
那些我不知道的坎
等着我慢慢去撞见

27

我一直对荒家庙的月亮
满怀敬意
这么小的地方
也没被它忽略

它总是在我的头顶
我去池塘它跟着去池塘
我去别人家看电视
它就停在别人家的屋顶上
等我出来

它把荒家庙一遍一遍地
照耀，究竟是为什么？

28

荒家庙有很多无主古坟
没有人说得清它们的来龙去脉
它们在山坡上
像被人丢弃的废旧物
东一堆、西一个的
上面长满了杂草

每次给父亲烧纸钱的时候
我就给旁边的古坟也烧一点
我想他们有了

就不会来抢父亲的

29

荒家庙的人
喜欢叫他老农民
他每天都在地里转
以至于
我觉得他家的地
只长粮食，不长草
好多时候，我经过他家的地
听见他的汗掉到庄稼上
像豆荚
在阳光下突然炸开
那声音像最小的雷声
你只能在荒家庙听见

30

有一天
我发现荒家庙空了

那些年轻的人
一个一个的离开了荒家庙
荒家庙似乎一夜间
就老了
这让我有些恐慌

有一天
一个人闯进了荒家庙
他说要带我走
面对一个陌生人
我竟然没有犹豫
那一年我二十岁

我沿着沟底的河往外走
感觉河道像一把锯子
把我和荒家庙锯开
荒家庙从此不再属于我
也许它从不曾属于任何人
它只属于它自己

2017.03

燕子日记

1

不知道它要寻找多久
才能找到我

在晾衣绳上
它不时地歪着脑袋看我
像是在看一个曾经的旧相识

我是它想象中的主人吗
它的小脑袋里有着怎样的标准

它像一枚秒针暂时停止不动
针尖上的敏感
唯恐有风，有响动

2

南方的三月有淡淡的霉味
像旧日子被太阳翻晒
两天后

它带回了另一只燕子
它叽叽喳喳的叫得欢实
而另一只
只是低语
它像是在给它的另一半介绍
——这里挺好
我觉得它也提到了我，说
女主人也挺好

它们的叫声像光束
照在房间的每一处霉斑上

3

它们在客厅里的一条日光灯管上安家了
这让我很惊讶
两年前，也来过一对燕子
它们搭窝留下的泥巴
至今还留在灯管上

有一个晚上

当初的两只燕子突然吵了起来
谁也不服谁
它们为什么吵
我不得而知

第二个晚上，有一只燕子没有回来
另一只站在灯管上
很安静

几天后，剩下的那只也没再回来

灯管亮起来的时候
有些光会钻进它们没有完成的窝里

4

我有时会想
它们是不是当年走散的那对
它们经历了什么

除了它们衔泥回来

扑落在已经是碗状的巢上
或者在晾衣绳上小憩时
在其他地方
我无法认出它们
就像我经常认不出
我见过好多次面的人

5

因为它们的到来
天空似乎不再那么单调

当雨水浇灌大地
它们就在雨中剪着雨线
剪着滴答的钟声
剪着这大好山河的一角

而我像一个富足的人
拥有这裸露的三月
甚至拥有腐朽的昨天

6

我们都来自遥远的他乡
我的春天曾在麦苗上摇晃
在一座庙的脚下奔跑
而它们呢？

我熟悉它们的作息
它们黑袍上的纹路
它们喉咙发出的颤音
但它们不解
我没有边际的愿望

多少次我们同时在一个门口进出
它们闪身让我
也让春天的薄雾在田野上
沉入暮霭

7

我家后面就是一大片田野

它们衔泥不用跑太远
每天看它们忙碌
我觉得自己像一个闲人
燕子们在替代我劳动和生活
甚至，它们用去的也是我的时间

在它们把窝搭好的那天
女儿对我说，燕子瘦了一圈
她说它们来的时候是这么大
现在只有这么大了
她用手比画着

8

因为担心不小心开着那条灯管
我只好把启辉器取了下来
如果这条灯管突然亮了
会是什么结果呢
它们会不会在心里骂一句：
“丫的！这是什么鬼天气，这么热！”

9

它们安好了家
每天早上
我还没起床就会听到它们的叫声
它们从来不会顾及还有人在睡觉
扯着嗓子地喊叫
像时间管理员
给我们重新制订一份
燕子作息时间表

晨光像一杯新鲜的豆浆
而它们
像是从豆浆机里逃跑的
两粒黑豆

10

夜里
我们的睡眠隔着一堵墙
它们站立着

我躺着

11

四月我出了一趟远门
回来的时候，家里已经吵翻了天
它们从一家两口
变成了一家七口

五只小脑袋在窝边伸伸缩缩
满屋子都是它们奶声奶气的叽喳

燕子爸爸燕子妈妈
不断地进进出出
带回小燕子们的口粮
每次它们一回来
小燕子们都张大了嘴去接食
它们能分清刚才谁已经吃了
现在该轮到谁了

我的事也多了起来

打扫大燕子掉落的食物
也清扫小燕子们的粪便
像它们一家子的免费佣人

12

很多时候，我站在阳台
看它们在外面找食物

我熟悉我家后面这片土地上空
所有飞翔的鸟类
但其中的大多数
我都叫不出它们的名字
我也没打算去问别人

13

有一天晚上
家里突然新闯进来一只燕子
原有的一只追着不速之客撕扯
一会窜进这间卧室

一会又跑进那间卧室

另一只却在窝里一动也不动
好像外面发生的战争跟它毫无关系
后来同样的事情又发生了好几次
每一次都以入侵者失败告终

这到底是怎么回事呢？
我问朋友
她说可能是第三者插足

14

五月下旬的时候
小燕子们出了窝
它们在厅里的门上站着
听见响动就马上飞回窝里
有时我忘了关卧室的门
它们中的一只偶尔会跑进去
进去了就总找不到路出来

15

没过几天，小燕子们
就可以开始自己出去找吃的了
它们一大早就出去
等到天黑前才陆续回来

有一天晚上
我发现小燕子们都没回来
只有两只老燕子
一只在窝里，一只在灯管上

我问朋友，它们还会回来吗
他说不会了
难道它们不回来看父母
他说看，在田间地头就看了
我真的没见过它们回来
不过，也可能它们回来了我不在家

16

当我慢慢对小燕子们开始淡忘的时候
燕子夫妇又孵出了三只小燕子

当这三只像前一批燕子不再回来的时候
老燕子也相继离开了

我不知道它们现在已经飞到了什么地方
也不知道后面走的有没有追上前面的

2016.10

大桂山（组诗）

蝴蝶谷

谷底蜿蜒
像一条不规则的绳索
伸向未知
像尽头正在亲近
我的中年

一棵大树后面
我看见唯一的一只
蝴蝶。闪现
又消失
闪现，又消失

五马归槽瀑布

从悬崖上跳下来
把坚硬的石头当成对手

我没经历过你的飞腾
和嘶鸣

哦！来吧！
用碎银片击打我

用白色的气味
抚慰我摇曳不定的心

用你的从容
说出，万物的悲喜

来吧！离开你的槽池
跟随我

云栈湖

山掉进湖里，老灌木掉进湖里
小亭子掉进湖里
它们那么重，又那么轻
怎么也沉不下去
怎么也挣脱不了，井然有序的排列

我投进一块石子

它们就乱作一团
乱作一团也好
可与我对立。像橡皮筋一样
扩大，然后崩断

土匪窝

打家劫舍的人，有的被歼灭
有的下山——
弃恶从善，耕田种地
在夜深人静时，想当年
这是很久以前的事了

我忙于数清
一只瓢虫身上的黑点
和它弯曲的腿
而忘了那些血腥之事

此时，天空单调
一朵胖嘟嘟的乌云飘来
把天空弄脏。又刷蓝

留羊顶

谁把羊留在了山顶
我并不知道
有人说是西天王母的女儿
那也只是有人说

它仰着头望向远方
我顺着它的方向望去
远方，几乎只剩下远

而我的头顶
一种飞翔，正被
另一种飞翔覆盖

2016.11

豌豆先生

1

把一首写给豌豆先生的诗写坏了
修补了几天
也没让它变得好看点
我决定丢弃，这之前
我要去读读《吃鸟的女孩》
以获得新的启示
但要留下一句——
想起豌豆先生和他的一对“小恋人”
我把他移植过来，没问过豌豆先生愿不愿意
就像一群人让一个人消失，也没问过他
愿不愿意

2

窗外下着雨
在龙都南路 588 号
我蜷缩在被窝里感到孤独
其实不在龙都南路我也会感到孤独
我问：“豌豆先生，你在哪儿？”

“我在集市上买小猪。”

“哦！它们漂亮吗？

你要给它们配好对哟！

要不然它们会寂寞的！”

3

一只黑色的虫子在豌豆先生的手掌爬行

很开心的样子

我忘了数它有几条腿

它是躲在豌豆先生的口袋里跟进城的

它闻着带有汽油味的空气，会不会觉得很香呢

会不会觉得灰蒙蒙的天空很美呢

会不会像我第一次进城一样

张着一双惊奇的眼睛

不知道向左还是向右呢

4

早上醒来，百无聊赖

我说：“喂！豌豆先生该起来发芽了！”

"正在发。"
过了一会儿
"破土了吗？"
"正在破。"
又过了一会儿
"长叶了吗？"
"正在长。"
"开花了吗？"
"正在开。"
我不往下问了，我想，就让他一直开着吧

5

我准备把"豌豆先生"换成"你"
省下三个字
三生万物

6

我路过大片野菊花的时候
你正对一头吃草的牛说：

“嗨！你们好！”
牛不会使用我们的语言
它抬起头，摇摇尾巴
又摇摇尾巴

青山拉着青山
万物苍翠
没有忧伤

7

“你在干吗呢？”
“准备睡觉。”
“哦！我正在山路上摸黑回家。”
“你是害怕了吧？”
“不害怕。”
“是吗？我看见好多白衣女子向你走来。”
“你太可恶了。”

我想了想
是啊！我确实很可恶

8

诗写到这里
我感到它快要转弯了
向左还是向右
不可控制

五月苍翠
豆苗爬上竹竿不可控制

9

我记得半山腰的水塔
有时发出轰隆隆的响声
你围着它转
仿佛接近了少年

你说这山好神奇啊
软绵绵的，像要着火

你站在水杉树下

看见了上山和下山的人
你想到了什么
没有告诉我

10

你说："告诉我你一天的生活。"
好的，我告诉你我一天的日子
如果不整理房间
我会练习深呼吸
动作尽可能缓慢
有时，我恐惧这满屋子的空气
担心它会杀死我
其实我不该告诉你这些
我应该说
窗外阳光明媚
有麻雀在天上飞

11

我总是无缘无故地想起那座山

山上的石头密集

经过我们的人消失在石头的后面
我们远远地观望

好多细节已经模糊

“没有时间了。”

我们是剩下的唯一游民
与飞鸟相似

12

此时，太阳很白
万物温顺
坐在二楼的房间
从窗口可以看见竹林
它们静止不动
白云静止不动
小镇静止不动

这是两点三十一分

你在梦中
也许梦见了大树
或者小木箱

13

那个下午，记不清是哪个下午
胡豆花在远处招摇
有美好的愿望

你的血渗进了泥土
你说："没关系。"
我看见蚂蚁在上面爬
团团转
后来
它们各自散去
朝四面八方

14

每天打开窗
看见的事物都有新的变化
这多少让人欣慰
比如现在，稻谷比昨天黄了一点
丝瓜花又多出了一朵
想起你在小岛上

湖水那么蓝，那么静
月亮在天上
照着你婴儿般的睡眠
很多东西在慢慢改变
你却不知道

15

十五这个数字
我觉得它是圆的
我决定在这里停下来

2016.07

真实或者虚幻

1

白纸上的一滴水
没有源头，不带使命而来
不带使命而逝
我厌倦了这个漫长的冬天
爱过的人和事在不断地消隐
在任何一个地方
都有衰败的花朵和沉默的人群
如果你走进光秃秃的树林
或许会看到
草尖上死去的阳光

2

一个木讷的男人喜欢在深夜
简单、单纯地写诗
点着烟，有时灰暗，有时明亮
挖掘一个又一个深坑
并在孤独中赞美——
这世界多好啊！到处都是
甜蜜的伤痕

3

隔着一条河相爱，对着裸露的
河床，和干枯的植物抒情
但这并不妨碍什么

阳光照耀着我们
没人知道
我迷恋过马贡多小镇
并染上孤独之症
像濒危的物种
等待死亡，或被救护

4

这个不知朝向的小镇
我是突然闯入的陌生人
你好！善良的垦殖者
你好！黑夜中的灯火
你好！欢愉的鸟群
仿佛得到了她们的回应

我在此安顿，繁衍生息
对路人微笑，时时尾随白云
堕入稀薄的暮色，直到一切消失

5

好吧！ 让我重新为你写一首诗
把词语的水分擦拭干净
让她们站在你面前
单纯得像刚出世的婴儿
改掉我废话的脾性
直接说　嗨，可爱的老男孩
我希望离你更近一些
让人看起来
更像兄妹

2015. 05

嫂 子

1

时不时地我就想起，二OO九年九月
她在电话里说：“你哥走了 ”
我的手悬在了半空，听筒垂下
晃了晃又恢复平静

九月的菊花开得很绝望

她的三个女儿还不懂得悲伤
她们不断地把纸钱放入火盆
一只只
黑色的蝴蝶从火盆中飞出，在空气中盘旋着
又落下
——像一个人短暂又单薄的
一生

一九九八年
她走进了那个叫荒家庙的地方
把家安放在这个早逝的男人身上
一亩薄田

东一块西一块的两亩旱地
她在地里侍弄着
红苕　玉米　麦子　绿豆
这些口粮，在她的存折上缓慢增长
用三年的时间，建起三间平房
她的“吝啬”也成了左邻右舍的笑料

葬礼上她没有号啕大哭
她身后还有三张稚嫩的脸
和一条绵长的路

她再不用带着干粮翻山越岭地去找草药了
不用在悬崖上因为害怕而两腿发颤
不用在地里干活担心他口渴　或者又把屎尿
拉在了身上

2

每年春季
沟渠边长满鱼腥草
蚂蚁往返于茎叶间，举着白色的颗粒物

阳光从不同的角度把光线强加给裸露的事物
阴雨后的晴日
一个老人苍凉而撕裂的歌声

山坡让人徒生悲凉

我曾追问，这个极少有陌生人到来的地方
散落每一座山冈的无主之坟是哪儿来的
它们像浓雾一样涌向我幼年的困惑
坟头上的茅草随四季而生，而死

河水在坡下游走
源头和终点都是一个谜
六月的泡沫翻卷着奔走，它带走了什么
油桐树、野棉花依旧默默生长
她无法穿越这些暗淡的旧事和新物

第二年，她进城做了一名电镀厂工人
休息日，她会在离我一千多公里的地方
打来电话，询问孩子的情况
（哥哥遗言，两岁的女儿由我养）

或者告诉我，她一天十小时的工作——
闻着有害的气体
因为长期接触有毒物品，手有溃烂的征兆
害怕过于寂静的夜晚
想念孩子，和荒废的土地
想念已成老鼠根据地的三间平房，不发声的炊具

她的声音忧郁，低沉，仿佛阴影

3

她不知道是谁把“重男轻女”的思想
植入了自己的大脑
——像锁孔内的锈迹
如同她永远不知道自己为什么走进荒家庙

杨氏的家谱上，每个妇人的命里都走出了一个男丁
她不甘心只有两个女儿

为了躲避计生人员的追查，她东躲西藏
两个女儿她顾不上了，丈夫顾不上了

地里的活计顾不上了
她唯一要顾的是肚子里给她无限希望的孩子

夜里，风掀动窗帘，老鼠踩翻灶台上的水瓢
无缘无故的狗叫声，这些都让她恐慌

九月，在阵痛中她的第三个孩子降临人间
看着怀中的女儿，她失声痛哭
她终究没能走出“命定”这个词

那时，秋色正爬上藤蔓的脚踝
太阳用不朽的光巡回人间

4

无数次在街头遇见蓬头垢面的精神失常者
我们和他们有什么不同
我们在自己的生活里跋涉
他们在生活之外流浪
我们努力创造的，也只不过是伶仃的裂缝
和没完没了的未知

哥哥去世第三年，她认识了一个男人，并同居
男人有个十七岁的女儿，前妻多年前出走
下落不明
我没有问过她是否幸福
只在不久后，听她说
男人因工腿部受伤
卧床不起

不管你愿不愿意
总会有云朵，把你带向远方
总会有脱落的花瓣把你带向寒冬
总会有人把你带向峭壁或者深渊

今年正月，她在电话里说："他走了。"并嘤嘤地哭
他们刚领了结婚证一个星期
男人因为酗酒脑瘀血死于手术台
她几年的积蓄也化为乌有

我远远地看见她走在薄冰上
孤零零的，像一只没有果核的豆荚

2014.05

黄姚古镇（组诗）

守望楼

守关的人已不知去向
风，从瞭望孔穿过
古老的歌谣从竹林中传来

穿过楼门，像经过时间的齿痕
一只鸟从眼前飞过
又一只鸟飞过
它们不是过去，也不是现在
仿佛空无一物

码 头

一面旗挂在腐朽的木桩上
如果没有风，它像一张没有表情的脸

飘过来的一片云是新的
两岸的绿是新的
刚建成的桥是新的
我也是新的

它的旧
没有发出任何声响

夜宿泊客

无忧的物件挂在墙壁
风一吹，它就晃
爬山虎在窗外静静地生长

此时，有迎亲的鼠队该多好
有风拍打木格窗该多好
有人在星星的碎光中想我该多好

遥远的野刺莓上
有一只乖巧的鸟儿
唱着去年的歌，多好

清 晨

瓦楞上跳跃的麻雀，半开的木门
庭院中鲜艳的美人蕉，以及

细碎的足音和方言
它们是刚醒来的事物

晨光开启了繁盛的旧事
一只毛茸茸的狗走近我
它的眼睛明亮，含着善意
这一刻
世界像初生的音节，干净，翠绿

2014.5

随笔三两行

1

起风了
蒲公英飞上了天空
灰喜鹊收起了翅膀

2

喇叭花
吹醒了
熟睡的种子

3

山楂花
刚咧开嘴
一只远道而来的蜜蜂掉了进去

4

一朵紫荆花
落在了同伴的尸体上

5

蜻蜓趴在麦秆上
身后
是蹑手蹑脚的孩子

6

鞭炮炸开
枯枝上的黑果实
扑棱棱地飞走了

7

太阳
找不到它想照耀的东西
转身走了

8

为什么
生命短暂

死去的时间却无穷无尽

9

天黑了
镜子把吞下的东西
又吐了出来

10

大地白茫茫的一片
几只不识趣的小黑豆
落在了上面

11

暮返的黄牛
鼓胀的肚子
装着草儿们的绝望

12

花瓣落在花身上
一场细小而宏大的叙事

13

她刚写到黎明
小鸟就在林中创造了修辞

14

黄昏是两排纽扣
正在为大地穿上黑衣服

15

桃花开了
他的容器里露出山川

16

小巷空空
一只猫在他的梦中漫游

17

蜗牛走过
一条路变成两条

18

苍蝇趴在玻璃上
它在虚构污点

19

一只蝴蝶从我身边经过
它的轻佻无法模仿

20

春日午后
小鸟无事
拉着细细的柳条荡秋千

21

在山楂园
我想起了《鹿柴》

22

酒过三巡
道路万千

23

槐花说开就开了
我还没来得及说等一等

24

沿着池塘散步
影子
像褪色的笔画落在方框中

25

我的想象翠绿，无边无际
牵牛花晨时娇艳，暮时苍老

26

一滴雨落在玻璃上，站立不稳
月光落在窗台上，我翻了个身

27

蝴蝶抬水
人在梦中

28

天热了
影子越来越瘦

29

争论无趣
关掉电脑，看蜘蛛修天梯

30

两个妇女吵架
几只叽喳的麻雀
突然安静了下来

第二辑

散章

阳光从外面进来
没有驱散它
照在我身上
也没让我发出光
它是多么的无能为力啊

蛙叫

成千上万只蛙一起吼叫
它们到底想干什么？

百度上说，是求偶
小时候我妈说
它们口渴了，所以一直叫
口干，口干

它们的声音越来越凄厉
我觉得它们在喊
快来，快来

妈妈，我很想纠正你以前的错误
但是不可能了

2017.05

石　头

她说看见贺兰山的石头
就想到了男人
那些石头长得多像男人啊
充满力量
有种光秃秃的性感

可是
石头还有另一属性：
冰凉，坚硬
捂也捂不暖

她说着说着就哭了

2017.04

花都开了

满孃，你快点回来
家里的杏花，桃花，梨子花
都开了
枇杷马上也要熟了
渔塘好多鱼
你回来
我钓鱼给你吃

他兴致勃勃地说着
我静静地听着
一时半会
没想好怎么回答

2017.04

镜　面

一个人在镜子里
可以创造出一片海
她无法离开
这吸盘一样的
大海，像故国，像一个
没有边界的词
在那里
她看见了最深的蓝
静止不动

2017. 03. 19

秘　密

女儿跑过来
说要告诉我一个秘密
她的表妹也跟了过来
并一再表示
她能守住秘密
为了让表姐相信
她举例说——
我班的王小青
告诉我的秘密
我就没告诉别人
现在我都忘了
那秘密是什么了

2017.04

我们总是自己把自己绕进去

女儿放学回来
跟我说：
老师说话也是有不对的
我问什么不对
她说：老师教我们
学校就是你们的家
你们要好好爱护它

可是
当课堂上闹哄哄的时候
老师又说了：
吵什么吵
你以为这是你家啊

2017.04

信　任

说好的阴天
却突然下起了雨
你不能有
上当受骗的感觉

比如一只鸟
在你的头顶拉下一泡屎
你要相信
它一定有它的用意

对于这些司空见惯的事
我们要尽量
制造信任度

2017.02.28

小小的怒气

女儿说：
“妈妈我可以和你睡觉吗？”
“不可以。”
“那我考一个九十分就睡一晚行吗？”
“行啊。”
她积攒了好多个九十分
只睡了两个晚上
她抱着她的枕头
一边走，一边说：
“我再也不和你睡了！你总是
把我挤得就要掉床底下了。”

她脸上有着小小的怒气
阳光穿过窗口照着她
把她的怒气涂得
橘黄又葱绿

2017.04

倒春寒

天气突然转冷
一些新冒出来的想法
也带着彻骨的寒

几只苍蝇，在晾晒的
萝卜条上站着
不动
也看不出要走的意思

只有我这个无所事事的闲人
才会和一只苍蝇
相看两不厌

2017.02

绝　望

一个孩子死死抱着妈妈的腿
不让她上车
是啊！他就快按不住他的爱了
它们要飞走了

我也有很多东西按不住
它们拍着翅膀
想要飞

他这个年龄的好处就是
可以这样哭
也可以那样哭

车门关上时
他的哭声里有了绝望
当然他还不知道
“绝望”是个什么东西

2017.02

雾

是的，就是那个早晨
我看见了你眼中的雾
阳光从外面进来
没有驱散它
照在我身上
也没让我发出光
它是多么的无能为力啊

如果你一眨眼
我知道
雾就会变成一滴水

2017.02

肉

读到“半片肉”时
我下意识地抬头
我的头顶悬挂着无数块肉
它们开始是红色的
后来变成了紫黑色

它们在变成肉之前
一定有过笨拙的嚎叫和顺从
一定有一副好身体
比它的主人要求的还好

想到这里，我用力抱紧了自己
一把刀仿佛就要向我挥来
我现在是在描写一块肉
还是一把刀
已经说不清了

2017.02

狮子坡

它一直叫狮子坡
其实，它趴在那里更像一只乌龟
龟背上长满齐腰的茅草
我矮下身子
就成了一小片轻柔的龟甲

我曾无数次向人描述过它
后来我开始沉默
它只属于我的二十岁前
当我沉默于这个想法时
另一个想法就会冒出来取代它

2017.02

麻雀或者女人

一群麻雀落在了家门口
它们来回走动，不时朝屋里张望
它们到底想知道什么
我这么问，也许是不对的
它们有可能只是随便看看
两只胆大的飞了进来
它们如果细心点
一定会看见一个系着围裙的女人
如果再细心点
还会发现她脆生生的生活
就像昨天刚冒出来

2017.02

新年临近

我看见一只蚂蚁用了
很长时间，爬上一棵树
它和迎面而来的那只
碰了一下头，又急匆匆地往回走
没有人知道它们的秘密

它很快就回到了地面
带着它的秘密消失在草丛里
我们再也不会遇见了

是的，再也不会了
我竟然有些失落
我的失落来得如此匆忙
这让我有些意外

2017.01

突然想起的一件事

一个丢失了幸福的人
把自己挂在了房梁上
那种悬挂
像一个潦草的问号
也像一件突然出现的飞翔物

在这之前
她去问过邻居
皮带可以吊死人吗

在这之前的之前
她曾对我说
不许哭，再哭就挖个坑把你埋了

一想到这里我就害怕
那种害怕跑得那么快
从多年前一下就来到了
我面前

2017.01

那天早上

我们遇见了一只公鸡
它长得很好看
好看得让我都感到自卑
它把腐烂的草用脚刨开
发出咯咯的声音
好多的鸡朝着这咯咯的声音跑来
它一定是找见了什么
一定是
急不可待地想与人分享

2017.01

日　记

我问你在哪儿
你告诉我的地名，离我不远不近
那时，我正趴在阳台上
无事可做
可读的诗已经越来越少
树枝上的麻雀上跳下蹿
我看着它们
它们却从不正眼看我
只有菜地里躺着的那只猫
我一叫它，它就抬起头
朝我喵的一声

2017.01

多　好

冬日低矮
阳光越来越清淡
她在浮桥上跑动
粉丝巾在后面跟着
咚咚的声音掉进河里
河水哗啦啦
鸟声叽叽叽
她们融在一起
像晨光中的一个拥抱
然后，等着慢慢被分开

2016.12

乡　村

如果小鸟们不说话
风在竹林安顿好自己
我们就可以听到
晨光窸窸窣窣的
声音，从四面八方
涌来——
直到所有的生灵
把这一小块地方
填满

2016.12

飞　蛾

它在第五个台阶上
躺着。毛乎乎的肚皮
朝向天空
翅膀不停地拍打地面
天空中的云不会因为它的挣扎
停下来
小鸟也不会
现在，只有我注意到它
不久，就会有一群蚂蚁
注意到它

2016. 11

此　刻

寒冷从它躲藏的地方
赤裸裸地跑出来
像白色的锯齿
让人害怕

阳光，在拐弯处
落在了一本诗集上
它一定不知道
作者已死去多年
在她需要照耀的时候
世界漆黑一片

2016.11

无　语

她的瘀伤
像雪白的墙上
被人涂了熟透的桑葚汁

窗外的玉米秆
在风中黄得想死
我对着镜子扯了扯衣角

语言安抚不了一只绝望的蚂蚁
沉默中
我把一双冰凉的手
搓得通红

2016.10

远

她躺在红河一家医院的病床上
绝望像一根绳子
紧紧地缠绕着她

她说想回家
想一列火车轰隆隆地
开到一个叫“荒家庙”的地方

两年前我为她写下了诗句：
“我远远地看见她走在薄冰上
孤零零的，像一只没有果核的豆荚”

而此时
她更像一个揉皱的纸团
正竭尽全力伸展

2016.10

那　晚

我们围着一个草木坛转
谈起一个死去的人
以及，一些零碎的旧事
而月亮挂在天上，没有同伴
而星星那么多
它跟着我们一起移动
像日子，朝着相同的方向
没有人阻止——

2016.10

喜悦或者悲伤

我梦见哥哥，他给了我很多好东西
我感觉到
他在死后更加爱我

我坐在地坝里
远山在远方，乌云遮着白云
我们做着各自的事情

太阳被吹灭
我的亲人满脸荒芜
像流水一样
永不回头

而此时
南边的田野，禾苗摇晃
绿得不清不楚

2016.08

摇 晃

红色的小小棺木
在两个老人之间摇晃
悲伤来自杉木的气味

在九月死去
和绝望的蝉一起

鸟群掠过无人的山冈
死和飞翔
都是一件多么容易的事

2016.09

我 们

我们不可能肩并肩地走个没完
穿过斑马线的时候
我抬头看了看天空
它白得让人生厌

许多时候我看着你说话
时间在墙上爬行
悄悄的，不着痕迹
许多时候你说：“等等，
我脑子一片空白。”

阳光停在木格窗上
桑葚在变甜，很多事在走远
你再次开始的时候
会问：
“刚才我说到哪儿了？”

2016.05.10

叶　子

它掉下的时候
没有呼救
只发出一声轻微的啪声

多年前
我听见一个人的喉咙
发出过同样的声音
那时
我刚学会在一堵泥巴墙上
画一个男人

牵着他的小小的宝贝

2016.03

散步记

田野放开它无边的空旷
癞蛤蟆蹲在田埂上
我为找不到词语来描述
而生气

一只蝴蝶在草丛中起起落落
很悠闲
我觉得它是想教会我点什么
就像我的丈夫
教会我用沉默
抵抗谎言一样

2016.03

低　语

雨来了
它那么迫切地拍打着窗门
像是想与人交谈

我多想告诉它
我有密密麻麻的窟窿
像一个个蜂巢
也有旷野之心
里面，一只蚂蚁正在
缓慢地走动

2016.03

鸟很整齐

一条电线上
你们无法拒绝秩序
就像老式的挂钟无法拒绝“嘀嗒”声

寒冷像树叶，落在我们肩上
如果我们拍掉它
太阳的光芒就会裸露？

你们所眺望的远方正在加深颜色

“告诉我
你的绝望
而我也会告诉你我的”[1]

2016.03

① 引号里套用了奥利弗的句子。

壁虎、帽子和女人

壁虎趴在墙上一动不动
和女人
分享着房间的一切

一顶扣于桌面的
帽子，像一座山

没有丛林
当然，也不会有老虎出没
光秃秃的
没有细枝末节

女人，帽子，壁虎
形成了一个不等边的三角形
如果有风吹，或者

草动
会发生什么？想想看

2016.03

墙

我想写一写那堵墙
它站在那里
被一种白所禁锢
没有悲伤
即便听见哭声
也没有欢愉，即便看见老鼠嫁娶

有时，阳光会进来抚摸一下它
风会进来拍打一下它
飞虫会用头撞一下它

我常常盯着它发呆
作为一种静态，它有它的沉默
我有我的未知

2016.02

书　柜

面对一个书柜
我竟然找不到起句

转身去到阳台
一个女人在菜地里锄草
孩子在旁边玩泥巴
看不清是在捏泥人，还是办酒席
画面和谐得令人生疑

再次回到房间
依然毫无头绪
拉开书柜的门
它发出吱嘎的声音
声音毛躁，但那是它自己的语言

2016.02

野　花

它们原本有各自的家园
也许因为领土问题，还发生过纷争

现在一个矿泉水瓶子
把它们羁押在一起
（美有时让人犯罪）
它们白的，白得很规则
黄的，黄得很鲁莽

（对于集中营
我和它们有不同的理解）

我草率地改变了它们的命运
它们来到这个世界肯定不是为了
让我带回家
它们应该还有别的什么事

2016.02

街　头

她带来一个无助的中午，和
一个人的邪念
带来吐字不清的吼叫
和笑得身子乱颤的观众

她有无来由的愤怒
和被苍蝇热爱的身子
有两条流窜的河流
哗啦啦地流淌
冲刷着
她鲜为人知的曲折和悲伤

2016.02

再一次写到鸟

我怀疑它们是有预谋的
它们从电缆线的两端往中间走
目不斜视，走得急匆匆的
当它们靠近，就用头去碰了碰对方
然后并排站着，偶尔发出叽叽的叫声
多数时候它们是沉默的
它们沉默的样子
有些郁郁寡欢，有些若有所失

2016.02

雪

这些入地即死的小东西
让人感到不安。

在新街路：
我所见的雪，远山，田野
紫荆树，都绷得紧紧的——

我用手机拍雪，哦！它那么白——
我想和它一起白一会。

2016.01

邻居家的猫

我对它一直心存敌意
现在，它轻手轻脚地走了进来
闪身进了厨房
灯光下
它竟然有着迷人的身段
我几乎就要原谅它了

它看了看饭桌，然后嗅了嗅
转身走了
它不知道
此时，老鼠都藏起来了
我把吃剩的饭菜也藏起来了

2016.01

正在播报的叙利亚新闻

那些被国家抛弃的人
被战火追赶的人
他们朝着一个方向
奔跑
出了圣城后
每一座西欧难民营
都是他们的天堂

被抓住的少女
将接受第二次洗礼
她们相当于
一包香烟的价钱

2015.11

慢城花海

每一朵花
就是一个干净的孩子
它们相拥着没有杂念

蜂群的翅膀
拍落
一个个祷词
让人摆脱无休的块垒
和蔓藤的纠缠

花香升起的地方
人们走过它
带着躁动的缺席

2015.10

那 日

山路上，走着一支送葬的队伍
没有敲锣打鼓，说明死者父母还在
棺上扎着一只纸鹤，说明死的是个男人
有两个孩子披麻戴孝，说明他已在人间有后

他们越走越远，越走越高
应该很快到山顶了
那儿的围栏刺，每年秋都开得白灿灿的

2015.10

老　屋

鸡群在倒下的房梁上
懒洋洋地翻晒翅膀
有时站起来抖一抖
那抖动有些媚俗
我踢去一粒石子
它们摇摇晃晃四散逃窜
老杏树光秃秃的
在自己的影子里摇摆
它的世界不可描述
我内心的荒凉不可描述

2015. 10

丁家坝

丁家坝有桑树，桑树上有麻雀
叽叽喳喳
声音掉在地上，又弹回来

现在，我在这里认识的人
越来越少
叫得出的地名越来越少
想说的话越来越少
像掉落的桑葚
充满遗忘

2015. 09

九月九日在长乐洲

这里并没有洲
但有大片的竹林，高矮不一的房子
一群麻雀在屋顶上
飞起又落下，飞起又落下
像有美好的事情发生

榕树下的石墩上，坐着
老人、孩子、男人和女人
多年后，我会来到这里
和她们中的
一个，成为邻居
各自占领一小块地方
但互不往来

2015.09

指　认

有人说她疯了
但我并不这样认为
她还能分清老虎和绵羊
分清《道德经》不是《大悲咒》
我们同时被关押在一个
凹凸的笼子里，她指着我说
你是镜子
是括号的另一半

2015.05

一串诗

我对一个人说，我要写一串诗
如果把它们挂在窗台上
它们就像一粒孤独敲打着另一粒
孤独

把它们藏起来
它们就在黑暗中相爱
像圆形的盾爱着锋利的矛

如果我不小心碰着它们
它们就挤进我皱巴巴的裂缝
发出久别重逢的哭声
这多么好

2015.05

邻居家的狗

健壮，但不帅气
对谁都充满敌意
它整天被拴在一根柱子上
百无聊赖时，就扯着嗓子叫
它的叫声
只有我认真听过

2015.05

继　续

——给年仅二十六岁患病去世的阿娅

去年，丝瓜藤爬上围墙时
也爬进了你的皮肤
你开始脱发，一天天消瘦
我时常从你
走过的风里闻到一股中药的味道

有时，你像吃了迷幻药
说：“跳水而死的姐姐来看你了
要和你一起玩丢手绢。”
六月赤裸的阳光照在紫荆树上
你像世界的遗孤，自言自语
筑着自己的城邦

秋天，你坐在门口的摇椅上
绣一幅“抱陶”
你把那张脸绣得越来越像自己
一股凉意滚过你的胸前
你的脸色又白了一些

你曾隔着矮墙问我
爱一个有家室的人是不是错了

我说："是的。"
如果我们能重新多出一天
我会试着理解你的爱情

田野空旷下来的时候
你弟弟在草坪上焚烧你的遗物
青烟直上云霄，像是要赶去与你团聚

我想让你在这首诗里复活
让你继续陪着瘫痪的母亲，谈论
天气和长发短发上乱蓬蓬的世界
继续让那些持久无人照顾的花花草草
该开花的开花，该发芽的发芽

2015.05

四月末

新的寡妇坐在院子里
像一个空壳，表皮布满虫眼
阳光和轻风
橡皮一样擦过她的脸
没有带走什么，也没有留下什么

年幼的孩子蹲在墙角，逗弄蚂蚁
嘴里嘀嘀咕咕——
“蚂蚁，蚂蚁搬家，我来帮你
抱娃娃”

2015.04

春天的好处

走出门就能看见蝴蝶
它们一前一后的飞着
一上一下的飞着
它们停在叶子上
用触角碰对方
用翅膀拍打对方
好像很相爱的样子
它们是幸福的
它们幸福地拍打着对方
但它们的翅膀不是我的
幸福也不是

2015. 03

不知道它叫什么鸟

它独自站在电线上，不发声，只是来回走动
像一个自闭症患者
没有同类，不爱这个世界，也不与之为敌

有时，它用乌黑的脚刨头
它一直刨一直刨的时候
我才想起，今年秋天已经很久没下雨了

2014.11

苦楝树

我成为它的邻居时，它已是壮年
我面向北，它就在我的右边
面向南，它就在我的左边
春天开淡紫色小花
冬天有金黄的果实落下
发出啪啪的声音

现在，它被挖掘机连根拔起
挖掘机一路挖过去
竹林没有了，菜地没有了
稻田也没有了
这下好了，我想描述的已空无一物

2014.10

十　月

蝴蝶停在熟透的狗尾巴草上
像一位入定的高僧
十米远的地方
警车呼啸而过
它没有动
救护车呼啸而过
它也没有动

2014.10

拾稻穗的老人

我并不想去注意她
可站在阳台上实在没什么可看的
她的狗像吃了兴奋剂
追着蜻蜓在禾茬上胡乱地转着圈
她慢慢移动着身子
她的影子在身后紧紧跟随
始终不肯和她合二为一
她经过还没来得及收割的稻田时
顺手摘下几株稻子
是的，她只是顺手

2014.10

浪水庄园

它离我很近，近得
只需要化个淡妆的时间
但我没进去过
听说它的回型建筑像迷宫一样
如果无人带路很难走出来
我一直等有人对我说
你去吧

2014.09

6月7日记事

他努力想叫我
但只能发出喔喔声
他的上颚像暴雨后坍塌的山体
牙齿与牙齿死死抱着
他无法让它们分开

一路上
只有他的母亲念叨着一些旧事
他变形的五官
时不时散发出腐烂的味道

十点半，我们进入医院大楼
在福尔马林的气味中
一个戴着厚厚口罩的人听完我们的描述
淡淡地说你们回去吧

2014.06

无　题

六月，河水哗啦啦地奔流
我撩开窗帘就能看见的田野
就快在欲望的容器中消失
蝴蝶、蜻蜓、禾苗中扑棱棱飞起的白鹤
它们将向西飞出三里，重新安顿

整个上午，我站在二楼的窗前
看见街上人潮涌动
一个农妇被一群人按在地上
她嘴里喊叫着什么没人听见
我转身用手蒙住孩子的眼睛
告诉她，他们在玩老鹰抓小鸡

2014.06

诗体信

我想告诉你
墙角的那只蜘蛛
把一幅八卦图越织越大
夜晚，像明晃晃的照妖镜
对着我，这多少让我有些不安

我和它有相同的习性
沉默，不与人为敌
我每天像陀螺一样在一小块地方转悠
它也无非是今天修天梯
明日补漏洞

你见过的禾苗又长高了
那片竹林越来越稠密
鸟不见鸟，花不见花
蝴蝶依然很忙，我爱的海棠开了又谢了

2014.05

陌 生

道路是陌生的
道路上蚂蚁的脸是陌生的
树荫上漏下的一小块阳光是陌生的
方向是陌生的
乌鸦在上空飞翔
翅膀上悬挂着理想主义者的泡沫
我走进一间陌生的房子
一个熟悉的声音说
——你别看窗外
你看到的都是假的

2014.05

浮　桥

它是水的一部分
阳光照耀的一部分
我走在上面
会成为它浮着的一部分
这会，我写着它
它暂且是键盘的一部分

2014.03

在渔影江村

阳光很好
我们的影子贴在地面
花安静地开着
美如此辽阔，没有尽头

我请求
把那口“蟹眼井”写入县志
把错落有致的房舍送回明朝

石阶上
仿佛另一个我突然回来
并重新开始热爱——
这繁芜又岑寂的生活

2013.10

寻找光

我有明亮的眼睛，可世界是模糊的
一株失宠的小雏菊，得到了阳光
和单纯的自己
路过的人啊，他们所见的并不是我
我在无人看见的地方
摸索着厚厚的墙

2013.10

孩　子

偶尔会有人和我提起一个孩子
他在离我一公里的地方
玩跳房子
唱《读书郎》
懵懂的年龄
还不知道悲伤，和布满人间的秘密
他似乎和我毫无关系
但又和我有着敌对的宿命
每当此时
我就岔开话题
——看啊，今天的阳光多美

2013.09

错 爱

他把夜晚都给了酒了
这个世界只有孤独接纳了他

他爱的女人在河的对岸
像黄色的杜鹃，有着危险的美

穿过弯曲的河道
如果上帝垂怜
他会看见
她白色的裙子在某个路口忽闪
仿佛春天里的蝶
那么轻柔，让他迷恋

2013.09

红玫瑰

遇见你时，你是
未被爱过的蓓蕾
我说开吧，你就一瓣一瓣地开
像一个人，把储存已久的爱
倾倒给另一个人
我凝视你单纯的美
仿佛世界变成了我想要的样子

2013. 07

那 时

我们谈论一双白色的鞋子
一条路为它独自敞开

我们语气平静
仿佛从不曾经历过波澜

你给我的歌
有着忧伤的曲调

它让我变小，像一粒新尘
落在旧日的橱窗上

2013.07

有一天

在这间屋子
我学着你的样子写诗
读卡佛，读索德格朗
把文字放在纸上
给它呼吸，爱

在这间屋子
我触摸到生活的刺，和它明亮的光
它有时孤立我
给我痛感和模糊的道路
但它是美的

在这间屋子
我会逐渐衰败
从我的头发开始
直到有一天，你看见一朵野棉花
你想起我
但再也看不见我

2013.07

闪 念

猝不及防的雨
在黑暗中滴答，急切又羞涩
仿佛它的美
是未被发现的孤独

旧事像一张泛黄的相片
从我的手里递到你的手里

我的头疼和你的脚伤
它们相距遥远
疼痛却如此相似

2013.06

短 诗

我抚摸他闪光的词语
却触到了他孤独的中心
现在是午夜
他的字句裹着淳厚的辉光
这使我确信他平静的水域
养育着另一个世界——
爱和一个男人曲折的弦音

2013.06

悲　伤

我也有悲伤
我的悲伤是不能给一场雨
合适的温度，让它一直下
好让我有理由不出门
不和陌生人擦肩
不看流浪汉毫无表情的面孔
不听人们谈论六月的大火
仿佛世界不是我的

2013.06

空

我读过的诗太多
以至于我什么也不记得
它们有的空空的
如同新枝上的一朵谎花
如同一种空被另一种空
套在指上

2013.06

生　活

我坐在这里很久了
像一只蜘蛛在网的中央
一动不动
我茫然地看着这个世界
思想朝着每一个方向赶赴
它踉跄、凌乱的步子
像一个人的生活
毫无头绪

2013.06

端午的早晨

早上醒来，脑子一片混沌
有太多人需要想念
她们像夜晚的星星
从四面八方涌出

这无限真实的一天
仿佛没有坏人
仿佛每个人都怀抱着一捆艾草

2013.06

花儿或者夜晚

我想你了，假装
你正在到来的路上
我着布衣，学你屋顶的雨
唱“滴答滴”
不论多晚也是新的
饱满的花蕾
说到爱，她就一朵一朵地开

2013.05

四　月

红色的裂缝盛满风暴
阳光无法抚慰突败的花朵
原始的村庄
人来人往
我饱食终日
长出不安之心

2013.04

那个下午

像一只飞虫摆脱了蛛网
我逃出去
和一棵山楂树站在一起
它比我翠绿，蓬勃
我们各怀心事
它梦着果实
我想着流水和险滩

2013.04

时间驱赶着我们

她把肥料说成了饲料
我没有纠正她的口误
她像极了我的母亲
话语中时常露出破绽

写到这里
落日猛然出现在我的窗口
我突然有了悲伤
我的手指仿佛摸到了暮年
我需要停下来

2013.04

她说很冷

她喜欢在下雨天
跟我讲她的往事
那时，我不懂得为她的故事流泪
我假装听得很认真
她偶尔停下来说：“满儿真乖。”
她走的时候没喊一个人的名字
只说她很冷
一遍，一遍

2013.04

他还那么年轻

医生说他只有几个月的时间了
他不信
爱他的人都不信
他还没来得及长出白发
还没来得及和日子握手言和

他开始吃草药
那么多的药汁也未能修补好他的肺叶
他吃剩的白芨，被我带到异乡
它在花盆里刚掉落紫色的花瓣
又长出了茂盛的叶片
仿佛他还在人间

2013. 04

所　见

他违背初衷偷食了野果
毒液，正迷失一个女人的心智
他们扭打在一起
纽扣，发丝，物件，纷纷掉落
它们发出的短暂回音
掏空了她体内的暖
此时，没有人能阻止
他们成为冰
成为彼此的敌人

2013.03

精神病患者

她每天都来到这块小小的草地
解开随身携带的蛇皮袋
不断地掏出废报纸，废酒瓶，发霉的食物……

她常常陷于无人知晓的事物中
不时发出咯咯的笑声
此时，她正一脸灿烂
抱着她的世界，摇呀摇

2012. 02

如果我死去

如果我死去
葬我的人，请在我的坟茔
埋下茅草的根须，和无数的花籽
并让我靠水而居，水无须过分清澈
但要映照出我好看的土房
送葬的队伍不必庞大，但要有我爱的人
哭我者不必伤心，但要动情

2013.02

远方的雪

我想念雪
雪就在另一个地方纷纷扬扬

我见过的雪
落在一个叫荒家庙的地方
它亲吻过的脸已全无春色
我掷出的雪团
还在向更深的山谷滚动
全然不顾我
在等着它落地的回声

2012.06

夜

夜是白昼撤退留下的遗物
它生长出幽暗的灯光
照见孤独，照见
洁白墙壁上的阴影
她需要这空寂的时刻
供她跋涉
供她落入深渊

2012.06

误　入

它闯进我的领地
发现是一个小小的樊笼
却已找不到出口
它一次次撞上透明的玻璃
不停地发出哀鸣
它不知道，隔着玻璃
看见的天空，是它展开翅膀
也无法抵达的假象

2012. 06

片段

窗外
她们小声嘀咕，有人在安排
谁当爸爸，谁做妈妈，谁是阿姨
报纸包着的物件
就是她们的孩子
她们过早地玩着成人游戏
而我，却多想
再次成为
母亲怀中的婴孩

2012.05

我的左邻

夏天的晚上，他喜欢把
自己的身体放在院子里的躺椅上
无数个孩子围着他的时候
他就开始讲故事
他的故事里没有白雪公主，大灰狼
只有，狐仙，野鬼
如若此时，一片黑桃叶刚好落下
我会相信，那是途经此地的
夜叉所为

2012.05

星期天

我们玩捉迷藏
我没有耐心寻找
像一个庸俗的先知者，说
“我看见你了，出来吧！”
她像回音壁，在
躲藏的地方咯咯娇笑
她还小
不知道我是被时光熏染过的人
有可耻的阴谋

2012.05

美的一瞬

剪去喧哗，“隐入菊”

我们互换嗓音，诵读

木栅栏上斑斓的蝶翼轻合

它以静默

赠予世界另一种美

就像落入杯底上

那粒安静的糖

2012.05

无　题

她从窗口
向外看
知了长短不一的
唱腔
让她觉得
时间有时深
有时浅

2012.05

村　庄

横卧在山梁之上
灯火，像散落的萤火虫
石头遍野，曾经让我的脚趾
开出过很多小红花

风穿过荒家庙的桑树林
花朵相拥着开放，也相拥着凋零
蝴蝶扇动的翅膀上
落满尘世的灰尘

庙宇与钟声早已不见
在它留下的地名里
雨水隐痛又卑微，滴落的总是
疼痛而又欢愉的旧时光

2011.08

河　流

从谷底穿过
源头与终点都是一个谜
河水中
隐藏着我的赤足奔跑的时光

我爱它缓慢地流淌，和夕阳下
蜻蜓俯冲出的水涟

我的血管是它的一条支流
它用一段急流
隐藏了我的入口

2011.08